ECTURE ET LA RÉCITATION A L'ÉCOLE

JES DU XXᵉ SIÈCLE. — COURS ÉLÉMENT.RE

# LA RONDE
# DES SAISONS

### Par LOUIS DUMONT

INTRODUCTION par EDMOND BLANGUERNON

ILLUSTRATIONS par CHADEL et G. DELAW

## Librairie Larousse. — Paris.

Prix : 75 cent. net

# LA RONDE
## DES SAISONS

# LA LECTURE ET LA RÉCITATION A L'ÉCOLE

### (Anthologie littéraire et artistique)

———

**La Ronde des Saisons,** par Louis DUMONT. Introduction par Edmond
BLANGUERNON, Inspecteur d'Académie.
*Cours moyen.* 1 vol. illustré par LAFORGE, cartonné . . . . . . 1 fr. 25

# LA RONDE
# DES SAISONS

### Par Louis DUMONT
Introduction par Edmond BLANGUERNON
:::::::::::::::::: Inspecteur d'Académie ::::::::::::::::::

DOUZE COMPOSITIONS DE GEORGE DELAW
VIGNETTES DÉCORATIVES DE CHADEL

# Librairie Larousse, Paris
### 13-17, Rue Montparnasse

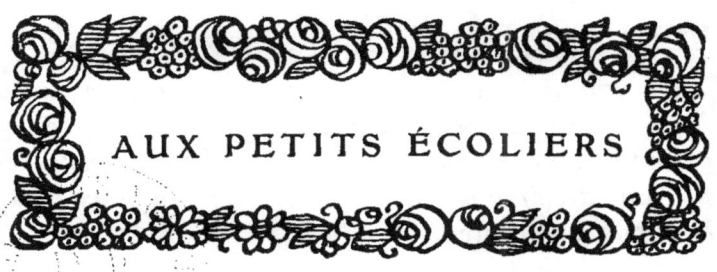

# AUX PETITS ÉCOLIERS

MES enfants, n'est-il pas vrai? vous aimez tous les belles images. Voyez ici comme on vous a gâtés. Tournez d'un doigt léger les pages de ce petit livre, où des artistes ont mis pour vous, pour que votre lèvre sourie et que vos yeux s'éclairent, de si jolis dessins; et remerciez-les dans votre cœur d'avoir pris pour vous cette aimable peine.

Mais — je vais vous étonner peut-être — il y a dans ce livre bien plus d'images que vous n'en voyez.

Où sont-elles?

La petite Fée, dont un poète vous contera plus loin les tours espiègles, vous les a-t-elle cachées, comme les clefs de Barbe-Bleue ou les bijoux de Peau d'Ane? Non, puisque vous savez lire. Eh bien! lisez...

Et de chacun de ces courts poèmes vous verrez se lever peu à peu, détail par détail, ligne par ligne, et se composer une délicieuse image, une image de la terre natale, adorablement variée sous le voile changeant des saisons.

Apprenez à lire les belles images du pays de France.

*Et quand vous fermerez votre livre, regardez autour de vous. Les poètes doivent avoir jeté un charme sur vos yeux. Car voici que vous apercevez partout des images pareilles à celles où vous venez de vous enchanter.*

*Votre village, les fermes, les bois, les champs, les rivières, les routes, les arbres, les bêtes : mais vous vivez, enfants, parmi de belles images !...*

*Comment n'aimeriez-vous pas ce petit livre qui chante et peint, qui vous révèle et vous fait aimer votre pays ?*

EDMOND BLANGUERNON,
*Inspecteur d'Académie de la Haute-Marne.*

# LA RONDE DES SAISONS

## 1. Soir d'Automne.

C'est un des derniers soirs de septembre; la brise
Promène sur les champs les cheveux de la Vierge (1);
L'ombre des peupliers est longue sur les berges (2);
L'herbe humide vacille et tombe au fil des faux (3);
Les feuilles des rameaux frissonnent, le ruisseau
Bouillonne au loin d'écluse en écluse (4); on entend
L'écho sourd des fléaux qui s'abattent sur l'aire (5),
Des voix, des pas d'enfants qui font craquer les faînes.
Soirs de l'automne, soirs de douceur tendre et claire (6)!
Septembre met l'anneau d'or rouge au doigt de l'an (7).

Charles GUÉRIN.
*Le Cœur solitaire* (Mercure de France).

1. Longs fils blancs assez semblables à des fils d'araignée dont se tapissent, à l'automne, les champs, les buissons et les arbres.

2. Les bords de la rivière ou de l'étang.

3. C'est le moment des regains; les faucheurs coupent l'herbe pour la seconde fois.

4. *De barrage en barrage.* On établit ces barrages, avec des vannes, souvent, sur les ruisseaux pour irriguer, c'est-à-dire arroser les prés.

5. *Aire* : Le sol de terre battue et durcie de la grange.

6. Les beaux soirs de l'automne sont plus doux que ceux des autres saisons, la lumière y est plus fine, le soleil plus tiède, l'horizon plus bleu, et surtout il y a les teintes adorables des feuilles qui meurent.

7. C'est septembre qui amène l'automne, et comme un fiancé met au doigt de la fiancée qui sera sa femme un anneau d'or, septembre pare l'automne — qui est pour ainsi dire la fiancée de l'année finissante — d'un anneau d'or rouge, la couleur des feuilles et des herbages, la couleur même de l'automne.

## 2. Une Voix.

Midi. Sur le portail (1), la vigne vierge rouge
Contourne une urne vide (2) et pend dans le chemin.
Le train passe. Le clocher sonne. Les pins bougent.
Une cigale grince au tronc de chaque pin.

Au bord de l'ombre bleue et mauve de la treille,
La guêpe mince rôde en quête d'un fruit mûr
Et, pressant le pollen de ses pattes, l'abeille
Féconde en les frôlant les roses de ce mur (3).

Émile DESPAX.
*La Maison des Glycines* (Mercure de France).

## 3. La Vieille.

Elle mène sa vache blanche
Tout le long des chemins herbeux,
En été, sous les lourdes branches,
En automne aux sentiers bourbeux.

Sabots mouillés, baissant la tête,
Sur son giron croisant les mains (4),
Elle suit pas à pas la bête
Dans les détours des vieux chemins.

Francis YARD.
*A l'Image de l'Homme* (B. Grasset).

1. *Portail :* entrée principale, plus grande que la porte ordinaire, d'une maison, d'une cour (dans ce cas on dit souvent le porche).
2. Tourne autour d'un vase de pierre ou de métal à côté du portail.
3. L'abeille, comme tous les insectes, se pose sur les fleurs pour en sucer le nectar sucré. Le *pollen* (poudre jaune) se colle à ses pattes, à son ventre. En se posant sur une autre fleur, elle laisse un peu de ce pollen qui est indispensable pour qu'un fruit se forme.
4. Croisant les mains sur son ventre, sous son tablier, comme font toutes les vieilles femmes, à la campagne, pour se réchauffer.

**LA CHASSE.**

*Cœurs ingrats ont jeux cruels.*

## 4. Le Blé.

J'ai regardé pousser le blé.
　Il est si petit d'abord,
Et si faible qu'on ne sait jamais
　Comment viendra la récolte.
Au chaud soleil il a mûri,
　Il a fait de beaux épis
Qui me montaient à la poitrine (1).
　Et puis on les a coupés.
Ils sont battus, le grain caché,
　La paille sèche.
L'hiver sera bientôt là.

Marguerite BURNAT-PROVINS.
*Chansons Rustiques*
(Sauberlin et Pfeiffer : Vevey).

## 5. Octobre.

L'Automne aux cheveux d'or (2)
S'est penché sur les treilles,
Et dans le jardin mort (3)
S'endorment les abeilles.

Plus de rose au rosier,
Au mur plus de glycines
Et, sous les bleus osiers,
Plus de flûtes câlines (4).

1. Qui étaient si grands qu'ils me venaient *jusqu'à la poitrine.* Ils étaient plus grands, bien plus grands qu'un petit enfant.

2. L'automne fait jaunir les feuilles des arbres, et leur met comme une chevelure d'or.

3. Où toutes les plantes meurent l'une après l'autre.

4. Sous les osiers bleus et sous les buissons, toutes les chansons joyeuses ou mélancoliques des cigales, des rainettes et des oisillons ont cessé.

C'est le silence épais (1),
C'est le gel et la brume,
Et, dans le soir plus frais,
La lampe qui s'allume.

Des parfums alanguis (2)
Flottent parmi les brises;
Les geais, mangeurs de gui,
Graillent (3) dans l'heure grise.

Les peupliers chenus (4)
Courbent sous la rafale
Leurs maigres rameaux nus;
Au bois, la bise râle (5).

Et des tendres coteaux
Qu'ont désertés les grives
Dévalent les troupeaux
Par les routes déclives (6).

Louis DUMONT.
La Rumeur des Saisons.

1. C'est le silence que ne trouble plus nul bruit.
2. Des parfums très doux.
3. *Graillent :* poussent des cris rauques et durs.
4. *Chenus :* les peupliers vieillis et qui perdent leurs feuilles.
5. Pousse des plaintes lamentables.
6. Les troupeaux redescendent dans la plaine par les routes en pente raide.

## 6. Le Verger.

Les fruits mûrs croulent au verger.
Au verger bourdonnant d'abeilles
Nous avons cueilli les groseilles
Et nos mains sont toutes vermeilles (1)
D'avoir froissé les fruits légers.

Fraîcheur exquise et printanière
Des jeunes fruits tout embués (2)
De rosée et d'aurore claire !
Rire des cerisiers parés
De cerises dans la lumière !

Viens ! L'or des saisons (3), goutte à goutte,
Coula dans le cœur parfumé
Des treilles d'ambre (4) et des pêchers
Que l'automne aux doigts roux veloute (5)...
— Les fruits mûrs croulent au verger.

Cécile PÉRIN.

*Vivre!* (Revue de Paris et de Champagne).

1. Sont toutes rougies par le jus des fruits mûrs.
2. Les fruits sont couverts de rosée qui éteint leur couleur vive comme la brume nacrée des matins estompe la couleur des choses.
3. Les rayons du soleil qui, au long des saisons, mûrirent les fruits.
4. *L'or des saisons :* les treilles couvertes de raisins dorés couleur d'ambre.
5. L'automne, comme font souvent les peintres, est comparée à une femme qui aurait des cheveux roux, couleur des feuilles, des vêtements fauves et la chair hâlée, brunie, dorée par le soleil qui a mûri les fruits

RICHE ET PAUVRE.

*Le bonheur de faire des heureux.*

## 7. La Grive.

Le raisin est mûr,
Voici, dans l'air pur,
   La grive,
Qui, pour vendanger,
Pour boire et manger
   Arrive.

Elle sait choisir,
Compare à loisir,
   S'arrange
Du meilleur endroit
Et tour à tour boit
   Et mange.

Ah! le bon raisin!...
Narguant (1) son voisin
   Le lièvre,
Toute à ses repas,
Elle ne prend pas
   La fièvre (2);

Mais déjeunant bien,
Sans que jamais rien
   L'étonne,
Elle chante aussi
Et salue ainsi
   L'automne.

1. Se moquant du lièvre qui, comme elle, fréquente les vignes en automne. | 2. Elle n'est pas malade de peur comme le lièvre poltron.

Le raisin nouveau
Lui met le cerveau
    En fête ;
Quand elle a trop bu,
Sans avoir perdu
    La tête,

Elle vole au ras
Des bons échalas (1),
    S'allonge
Pour cuver son vin (2)
Au creux d'un provin (3)
    Et songe...

        Henri Chantavoine.
      *Aux Champs* (Hachette et Cie).

## 8. Paysage

Les épines percent la haie (4),
A la fleur survit la baie (5) ;
La terre croule
Le long des talus de la route (6) ;
Il a plu sur l'étang et sur la roseraie (7)...
Le chemin passe entre deux haies,
L'écho bégaie (8),

1. Les pieux de bois qu'on dresse pour maintenir les ceps.

2. Elle est enivrée par le jus sucré des raisins dont elle est gourmande.

3. Pour ne pas être aperçue du chasseur, elle se cache entre les feuilles d'un cep.

4. Il n'y a plus que les épines, les feuilles étant tombées.

5. Les fleurs sont mortes, mais il reste les jolies baies rouges de l'automne : les cenelles, les fruits de l'églantier et ceux de la viorne.

6. La pluie amène des éboulis.

7. *Roseraie :* endroit planté de roses.

8. Répète en mots qu'on a peine à comprendre les mots que l'on prononce.

Un agneau broute,
Quelqu'un chante en tressant l'osier dans l'oseraie (1)...
Oui, c'est un peu l'automne,
Déjà,
Et rien de plus;
La terre lourde croule aux talus,
Quelqu'un chantonne
En travaillant dans l'oseraie...
Le chemin passe entre deux haies...
Il n'y a rien de plus que cela,
Il n'y a rien d'autre que cela,
Un jour passé, et toi, le ciel, la terre, l'eau,
Et cette route qui va là,
Et cette berge où je suis là,
Auprès de l'eau (2).

Henri DE RÉGNIER.
*Les Jeux Rustiques et Divins* (Mercure de France)

5. *Oseraie :* endroit planté d'osiers.

6. *Remarquez comme le poète répète les mêmes mots, presque les mêmes phrases, insiste sur la même idée, et l'admirable mélodie que font ces vers mélancoliques et doux, Il a voulu donner la sensation de l'automne, de la solitude, de l'ennui vague qu'on éprouve devant ce spectacle de quelque chose de très beau qui va mourir. Dites les vers très lentement, à mi-voix, en ne vous arrêtant pas à la fin du vers, mais seulement à la fin de la phrase, et cela fera comme une musique voilée qui rendra très bien l'expression de ce très beau morceau.*

LE BONHOMME DE NEIGE.

*Toutes les branchettes*
*Ont mis des manchettes.*

# 9. Travaux d'Automne.

Le village en rumeur (1) vaque (2) aux travaux d'automne.
La batteuse, en broyant les épis pleins, ronronne,
Le blé qu'on vanne vole en poudre hors du van (3),
Les fléaux bondissants résonnent ; tout à l'heure
On versera le grain luisant dans les greniers.
Jours d'automne, vous les plus beaux, et les derniers ! (4)
La nature en mourant nous apparaît meilleure (5).

Charles GUÉRIN.
*Le Cœur solitaire* (Mercure de France).

1. Le village bruyant, animé.

2. *Vaque :* s'active, se livre aux travaux de l'automne : cueillette des fruits, vendange, arrachage des légumes, labours, semailles, battage des grains, fabrication du vin, du cidre, etc.

3. Ce n'est pas le blé qui vole en poussière, mais les balles seulement.

4. La nature en automne est splendide, à cause des fruits et de la coloration, dans toutes les teintes du jaune et du rouge, des feuilles. Mais un regret se mêle à la joie parce que ce sont les derniers beaux jours, et que bientôt l'hiver va être là.

5. La Nature ne meurt pas. Elle ne meurt jamais. Même en hiver, il y a le travail merveilleux des grains qui germent. Mais elle semble mourir parce qu'on ne voit plus de feuilles, plus de fleurs, plus de fruits, si ce n'est sur certaines plantes toujours vertes.

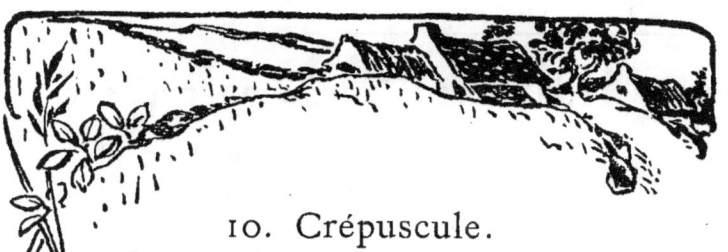

## 10. Crépuscule.

Une charrue aux champs s'oublie...
Et s'éloigne le pas des bœufs
Par le chemin déjà bourbeux,
Plein de feuilles, de vent, de pluie (1).

Le vieux village s'humilie... (2)
Les mulons (3), les chaumes (4) fumeux
Se tassent dans le vent brumeux,
Et la plaine immense s'ennuie... (5)

Sous leurs houppelandes de laine (6),
Tous les bergers sont dans la plaine
Appuyés sur leurs longs bâtons.

La lampe du passé s'allume... (7)
Et s'éparpillent les moutons
Aux clochettes pleines de brume (8).

Francis YARD.
*A l'Image de l'Homme* (B. Grasset).

1. Le cultivateur a dételé les bœufs et laissé la charrue dans le champ commencé. C'est l'automne : le froid, le brouillard, le vent, la pluie, et les feuilles qui tombent.

2. Le village a l'air de se faire tout petit, de se recroqueviller pour donner moins de prise au froid et à la pluie.

3. *Les mulons :* les meules.

4. *Les chaumes :* les maisons couvertes en chaume.

5. L'automne, quand viennent les brumes, est une saison mélancolique et tout a l'air de s'ennuyer parce que les hommes eux-mêmes s'ennuient.

6. Leurs grands manteaux de laine.

7. La lampe qu'on allume depuis toujours pour se défendre de la tristesse du soir.

8. Les clochettes ont un son étouffé à cause du brouillard.

## 11. Le Petit Bateau du pêcheur.

Sur la mer qui brame (1)
Le bateau partit,
Tout seul, tout petit
Sans voile, à la rame.

Si nous chavirons (2),
Plus ne reviendrons,
Sur les avirons (3),
    Tirons.

Sur la mer qui brame
Il est revenu
Tout seul et tout nu
Le bateau sans rames (4).

Jean Richepin.
*La Chanson des Gueux*
(E. Fasquelle).

1. Le bruit de la mer ressemble à de longs mugissements, à la plainte d'un animal monstrueux.
2. Si le bateau se retourne sur nous.
3. *Les avirons :* les rames.
4. Les marins qui le montaient étaient morts, et la tempête le rejeta, tout seul, sur la côte.

## 12. Berceuse.

Chante bellement (1), Killoré (2),
La la hu lalla ! (3) mon petit oiseau
Dans le rosier.
Chante bellement pour l'enfant qui pleure.
Qu'a-t-il donc l'enfant à pleurer ainsi ?
Dis-moi donc pourquoi tout ce grand souci (4) ?
Le cœur de l'enfant est-il donc un cœur
Plus lourd que celui qui saute en l'oiseau
Dans le rosier (5) ?
La la hu lalla ! dodo, petit, do !

Henri BATAILLE.
*Le Beau Voyage* (E. Fasquelle).

## 13. Le Retour du Père.

Le père rentre : au seuil, dès que Fidèle aboie,
Les bras s'ouvrent tendus, les mains battent de joie,
Les petits fronts fleuris se haussent au baiser (6) ;
Mais comme au coin du feu l'on aime à deviser (7)
Quand il neige et dehors grondent les mauvais souffles (8).

1. Chante du mieux que tu sauras.
2. *Killoré :* nom inventé.
3. Mots qui n'ont aucun sens, mais qui chantent bien, comme on en trouve dans toutes les berceuses.
4. Cette grande peine, ce lourd chagrin.
5. Parce que l'oiseau ne pense qu'à chanter ; il ne pleure pas comme l'enfant qui a un gros chagrin sans cause et qui ne peut dormir.
6. Les fronts joyeux des enfants se tendent aux lèvres du père qui rentre.
7. *A deviser :* à causer.
8. Le vent glacé de l'hiver qui ressemble, la nuit surtout, à une plainte lugubre, au souffle effrayant de quelque animal monstrueux.

Déjà devant la flamme attendent les pantoufles
Et le vêtement tiède en ses plis accueillants ;
Autour danse et s'ébat tout un chœur gazouillant (1)
Et, compagnon du jeu, le chien gambade et jappe.

Gustave ZIDLER.
(Lecène et Oudin).

## 14. Paysage blanc.

Toutes les branchettes
Ont mis des manchettes ;
Sur chaque brindille
Rampe une chenille (2),
Pas un souffle d'air et pas un murmure.
Chut ! le paysage
Est en découpure
De papier (3). Sois sage,
Garde ce secret :
L'arbre est plus léger qu'un flocon de laine,
A la moindre haleine
Il s'envolerait (4).

François PORCHÉ.
(Mercure de France).

1 Les enfants jouent à des jeux bruyants, et leurs petites voix sont comparées, par le poète, à la voix des oiseaux dans le même nid.

2. La neige qui recouvre les branches a l'air d'une grosse chenille blanche qui rampe, qui glisse sur l'écorce noire.

3. Les contours des choses, des maisons, des arbres, à cause de la neige, ont l'air d'être en papier découpé.

4. Tout a l'air d'être si léger, si fragile, qu'il semble que le moindre souffle doit tout emporter comme un flocon de laine.

LE JOUR DE L'AN.

*Les bras s'ouvrent tendus,*
*Les mains battent de joie.*

## 15. Veillée

C'est la veillée au village.
Après le repas du soir
Chacun sort de chez soi
Et, lanterne à la main, éclaire son chemin
Dans la nuit noire.
Il fait grand froid ; sous la rafale (1)
Qui fouette flamme et visages,
On se hâte vers le seuil prochain
De la maison qui est d'accueil (2), ce soir.

Les ombres, aux yeux des lanternes,
S'engouffrent (3) dans la cour de la ferme,
Et bientôt, devant les bûches flambant clair,
Tous sont assis, et porte close,
Ils racontent à tour de rôle
Les contes des veillées d'hiver.

Edouard Ducoté.
*La Prairie en fleurs* (Mercure de France).

1. *La rafale* : le vent violent chargé de pluie ou de neige qui souffle pendant les jours et les nuits d'hiver.

2. *La maison d'accueil* : la maison qui accueille, qui est désignée pour recevoir les veilleurs ce soir, selon la coutume charmante des villages où chaque maison, tour à tour, s'ouvre aux veillées.

3. *S'engouffrent* : se précipitent, disparaissent comme en un gouffre à cause de la nuit épaisse.

Delaw.

LE CARNAVAL.

*C'est moi qui suis Polichinelle.*

## 16. La Neige.

La neige à flocons blêmes (1) tombe,
Tombe, tombe, en mols tourbillons (2),
Lis effeuillé sur une tombe (3),
La neige à flocons blêmes tombe.
Pour qui fait-on cette hécatombe (4);
Hécatombe de papillons?
La neige à flocons blêmes tombe,
Tombe, tombe en mols tourbillons.

Toute blanche dans la nuit brune,
La neige tombe en voletant.
O pâquerettes! une à une,
Toutes blanches dans la nuit brune...
Qui donc, là-haut, plume la lune (5)?
O frais duvet! Flocons flottants!
Toute blanche dans la nuit brune,
La neige tombe en voletant.

1. *Blêmes :* très pâles, blancs.
2. Les flocons ne tombent pas droits, mais en tournant lentement, mollement, à cause de leur légèreté.
3. Les flocons de neige sont blancs comme des pétales de lis qu'on aurait effeuillés sur une tombe. (L'hiver fait penser à la mort, à la tombe, au linceul ; tout le long du morceau, la pensée triste de la mort va revenir.)

4. *Hécatombe :* massacre très grand. Les flocons qui tombent semblent les ailes d'innombrables papillons morts.
5. Comparaison délicieuse. La lune étant si blanche, si blanche, les soirs d'hiver, blanche comme la neige, celle-ci a l'air d'être le duvet qu'on aurait arraché à pleines poignées à l'astre pâle.

La neige tombe, monotone,
Monotonement, par les cieux,
Dans le silence qui chantonne,
La neige tombe, monotone,
Et file, tisse, ourle et festonne (1)
Un suaire silencieux (2).
La neige tombe monotone,
Monotonement par les cieux.

Jean RICHEPIN.<br>
*La Chanson des Gueux* (E. Fasquelle).

## 17. Tendresse.

Tes bras à mon cou
D'un geste très doux,
   Si frêle (3),
Tu m'as dit : « Tais-toi,
Ne sanglote pas :
   Je t'aime ! »

Sur ton front joli
Mes pleurs infinis
   Ruissellent ;
— Tu n'as plus rien dit,
Mais tu m'as souri,
   Quand même... (4)

Cécile PÉRIN.<br>
*Les Pas légers* (Sansot et C<sup>ie</sup>).

---

1. La neige a l'air de faire toute la suite des opérations nécessaires à la confection de la toile, du drap mortuaire.
2. *Suaire :* linge de fine toile blanche, neigeuse ; linceul dans lequel on ensevelit les morts.
3. Un geste qui ne pèse pas, qu'on sent à peine.
4. La maman a un grand chagrin, et son petit enfant met toute sa douceur, toute sa tendresse à le lui faire oublier. Pour une maman, il n'y a rien de meilleur.

## 18. Mars.

Au ras brun des labours,
Un corbeau qui se pose,
Ramant de son vol lourd (1),
Gagne le bois morose (2)...

Tout se mêle, noyé,
Les buissons, les emblaves (3),
Bouchots éparpillés (4),
Meurgers (5) et toits de laves.

Au chemin vicinal
Passent, vagues, des ombres.
C'est le facteur rural
Sous son capuchon sombre.

Un cheval luit, rendu,
Os saillant sous la bâche (6),
Tirant, le col tendu,
Une vieille patache (7)...

André MARY.
*Les Sentiers du Paradis* (Sansot et Cⁱᵉ).

1. Les ailes qui battent lentement dans l'air ressemblent aux rames qui battent l'eau pour faire avancer la barque.
2. Le bois où le printemps n'a pas encore mis sa gaîté, le bois sans feuilles et sans fleurs où souffle tristement le vent froid.
3. Les récoltes qui poussent.
4. *Bouchots* : bosquets, petits bois *éparpillés* : semés çà et là, sans ordre.

5. *Meurgers* : petites murailles dans les champs, formées de pierres enlevées en cultivant et sur lesquelles des épines, des buissons et même des arbres ont poussé.
6. Ses os s'aperçoivent sous la bâche qui le recouvre parce qu'il est très maigre.
7. *Patache* : vieille voiture lourde et criante qui sert à transporter les voyageurs.

LES PETITS SOLDATS.

*Allons, enfants de la Patrie!*

## 19. Le Beau Dimanche.

Il fait doux. On entend les poules
Glousser tout bas comme en secret (1).
Il fait chaud. Les joueurs de boules
Sont allés boire au cabaret.

Le ciel attend les hirondelles (2) ;
Demain, l'azur sera plein d'ailes,
La moisson suivra le labour (3).

Ah ! gai, mon cœur (4), le beau dimanche
Et que le ciel est doux à voir !

Stuart MERRILL.
*Une Voix dans la Foule*
(Mercure de France).

1. *Glousser* : pousser de petits cris de plaisir, tout bas, comme si elles avaient peur qu'on les entende.
2. C'est au printemps, les hirondelles ne sont pas encore revenues, mais bientôt elles vont apparaître, en bandes serrées et chantantes.

3. La bonne saison va définitivement venir, celle qui apportera la joie après la peine de l'automne et de l'hiver.
4. Expression abrégée mise pour : Ah ! *sois* gai, mon cœur, puisqu'il fait si beau, puisqu'il fait si doux.

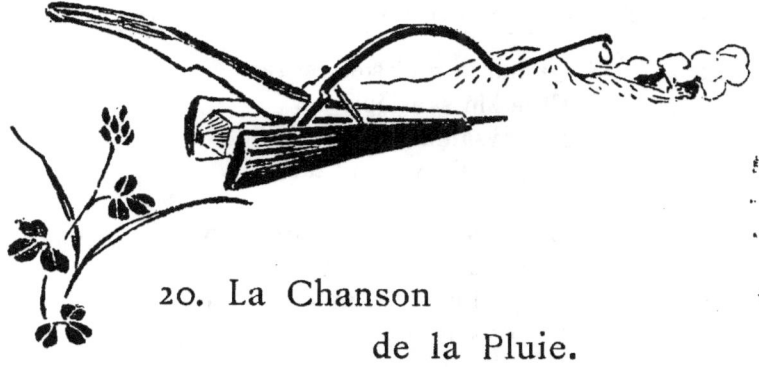

## 20. La Chanson
### de la Pluie.

M'a dit la pluie (1) : Écoute
Ce que chante ma goutte,
Ma goutte au chant perlé (2).
Et la goutte qui chante
M'a dit ce chant perlé :
Je ne suis pas méchante (3),
Je fais mûrir le blé.

Ne fais pas triste mine,
J'en veux à la famine (4).
Si tu tiens à ta chair,
Bénis l'eau qui t'ennuie
Et qui glace ta chair ;
Car c'est grâce à la pluie
Que le pain n'est pas cher.

Le ciel toujours superbe
Serait la soif à l'herbe
Et la mort aux épis.

**1.** La pluie m'a dit.
**2.** La pluie au chant clair comme un bruit de perle qui tinte sur du métal.
**3.** L'enfant croit souvent que la pluie qui l'ennuie est inutile, est méchante.
**4.** J'empêche la famine de venir parce que, sans pluie, plus rien ne pousserait.

Quand la moisson est rare
Et le blé sans épis
Le paysan avare
Te dit : Crève, eh ! tant pis.

Mais quand avril se brouille,
Que son ciel est de rouille (1),
Et qu'il pleut comme il faut,
Le paysan bonasse (2)
Dit à sa femme : Il faut
Lui remplir sa besace (3),
Lui remplir jusqu'en haut (4).

M'a dit la pluie : Écoute
Ce que chante ma goutte,
Ma goutte au chant perlé.
Et la goutte qui chante
M'a dit ce chant perlé :
Je ne suis pas méchante,
Je fais mùrir le blé.

Jean RICHEPIN.
*La Chanson des Gueux* (E. Fasquelle).

1. Le ciel est gris, d'un gris noir couleur de la rouille.

2. *Le paysan bonasse :* Le paysan qui est bon, qui est, au fond, meilleur qu'il n'en a l'air.

3. *La besace :* Le sac du mendiant dans lequel il met les quignons de pain et les provisions qu'on veut bien lui donner.

4. Lui faire une large aumône.

LES PLAISIRS CHAMPÊTRES.

*Ciel gai, terre rieuse!*

## 21. Les Fleurs du Printemps.

Cueillons des fleurs et, dans nos chevelures,
Tressons des guirlandes légères ;
La brise est douce et la saison est claire :
Cueillons les fleurs tendres et pures.

Cueillons des fleurs et que leur fraîche haleine
Parfume nos danses pieuses (1) ;
Le ciel est gai et la terre est rieuse :
Cueillons des fleurs parmi les plaines.

A.-Ferdinand HEROLD (Mercure de France).

## 22. La Claire Matinée.

On bat le briquet (2). La clinquante (3) fête !
Le matin clair,
Les clairs sabots claquant sur les pavés polis,
Bonnets blancs avec des ailes folles
Qui bavardent éperdument (4),
Jupes courtes, paniers lourds,
Le bruit sourd,
Au lointain, du moulin,
Et les cloches, diguedin (5),
Dans du matin.

Albert FLEURY. *Poèmes* (Mercure de France).

1. Que leur parfum embaume nos danses joyeuses, nos danses de petites filles et de petits garçons heureux de la belle journée.

2. *Briquet :* Pièce d'acier qu'on frappe sur un silex pour en faire jaillir une étincelle.

3. *Clinquante :* Joyeuse, claire. Tout le poème donne une impression de fraîcheur, de lumière et de joie.

4. Les bonnets mal attachés des servantes ou des mamans, celles dont on entendait les sabots tinter sur les pavés de l'escalier, de la cuisine ou de la rue. Elles causent joyeusement, de voisine à voisine, et les ailes des bonnets claquent, elles aussi, dans le vent léger.

5. Mot qui rappelle le son joyeux de la cloche.

## 23. Le Chemin.

Plein de silence, embaumé
Du chaud parfum de la terre,
C'est un chemin solitaire
Du village bien-aimé.

Il quitte les vieilles rues
Pour s'en aller dans les bois :
C'est le chemin des charrois,
Des troupeaux et des charrues.

Un bonhomme de chemin
Qui passe entre les chaumières,
Lentement, à la manière
Des trop vieux sans lendemain (1).

Et flâneur, il fait sa ronde
Sous les pommiers en berceau,
Creusé du double ruisseau
De ses ornières profondes.

Il s'attarde sous les branches,
Entre les fossés des cours,
Et fait de jolis détours
Au seuil clair des maisons blanches (2).

Francis YARD.

*A l'Image de l'Homme* (B. Grasset).

1. C'est un chemin tranquille et bienveillant. On n'y fait pas de mauvaises rencontres. Il est plus vieux que les vieillards les plus âgés du village, ceux qui vont mourir bientôt, et il va comme eux, tout doucement, sans bruit. Comme eux aussi il a vu beaucoup de choses, et il a l'air d'y songer tout en s'en allant vers le bois et les champs.

2. Il a l'air de ne pouvoir pas quitter les claires maisonnettes du village, qui sont ses amies, et à qui il rend visite tour à tour.

## 24. Ondée printanière.

Il pleut gaiement, dans le soleil,
Il pleut sur les feuilles rieuses (1),
Il pleut sur les fleurs en éveil (2),
Il pleut gaiement dans le soleil
Sur les chemins bordés d'yeuses (3)...

Il pleut, et c'est, dans le lointain
Une fête multicolore (4)
Où tintent des sons argentins (5);
Il pleut, et c'est, dans le lointain,
Une fête que le ciel dore...

Il pleut gaiement dans le soleil,
Il pleut et les gouttes murmurent
Les fièvres des midis vermeils (6);
Il pleut gaiement dans le soleil,
Il pleut, il pleut des perles pures...

Emile LANTE.
*Les Émotions modernes* (V. Havard).

1. Les feuilles ont l'air de rire parce qu'elles sont heureuses de la pluie printanière.

2. *Les fleurs en éveil :* Les fleurs nouvelles, les fleurs qui viennent d'éclore.

3. *Yeuses :* Arbrisseaux verts qui bordent les chemins.

4. La pluie n'est pas triste, elle est plutôt joyeuse, et, parce qu'il y a du soleil en même temps, cela donne grand nombre de nuances colorées très agréables à l'œil.

5. *Les sons argentins :* Les sons, clairs comme de l'argent qui tinte, de la pluie qui tombe sur les branches, sur le chemin, sur le toit et dans les chéneaux.

6. La chanson de la pluie est douce et amusante comme les chansons qu'on entend par les beaux midis d'été.

UNE RONDE ENFANTINE.

*A la ronde*
*Tout le monde!*

## 25. Pigeon vole ! [1]

Pigeon vole au bout du doigt ;
Pigeon vole et bat de l'aile...
Pose tes deux doigts sur moi
Car voici l'agneau qui bêle (2)...
Le loup va sortir du bois.

Mais les mains vives et folles
Battent l'air de leur émoi (3).
Il n'est que l'oiseau qui vole,
Prends garde à tes petits doigts...
Le loup va sortir du bois.

Cécile PÉRIN.
*Les Pas légers* (Sansot et Cie).

1. *Pigeon vole !* Jeu d'enfant qui consiste à lever les doigts quand la maman appelle un nom d'oiseau, et à les laisser immobiles si elle appelle le nom d'un animal ou d'une chose qui ne vole pas.

2. Ne lève pas les doigts puisqu'on appelle l'agneau.

3. Le petit enfant, ému, n'a pas fait attention, et il a levé les mains quand il ne le fallait pas. Il va être pris et donnera un gage.

## 26. La Rivière.

La rivière molle (1) s'enroule,
Toute écumante, en courbes souples,
Aux rochers des penchants coteaux.
Ils la protègent et l'enserrent
De leur verdure solitaire :
Hêtraie aux soyeux chatoiements (2),
Sapinières noirâtres dégringolant (3).
Et par delà l'ombre versée,
Au soleil bougeant (4) enlacée,
Par delà les bois et leur voile
Dansant (5), des prés sur les croupes s'étalent (6),
Où la lumière preste détale (7)
Parmi des toiles
Etendues (8).
Et, presque informe, une maison est aplatie,
Tout là-haut, par le blanc soleil recrépie (9) ;
Tout là-haut, sous son toit de lave gorge
De pigeon (10), à côté d'un petit champ d'orge
Et de sarrasin fleurissant.

Marie DAUGUET.
*Les Pastorales* (Sansot et Cie).

1. La rivière souple et lente.
2. Le soleil fait briller sur les feuilles des hêtres des reflets changeants comme ceux de la soie.
3. *Dégringolant :* Descendant rapidement.
4. L'ombre change de place avec le soleil qui bouge, c'est-à-dire qui, lui aussi, a l'air de changer de place.
5. La masse sombre des bois au lointain est comme un voile bleuté ; le changement de lumière a l'air de le faire remuer.
6. Des prés s'étendent sur les flancs arrondis des coteaux.
7. *Détale :* Marche rapidement, a l'air de courir.
8. Les draps, les linges qu'ont étendus pour les faire sécher les lessiveuses.
9. Le soleil la recouvre de lumière comme d'un crépi neuf, tout blanc.
10. De couleur changeante comme la gorge d'un pigeon. La lave est une pierre calcaire tendre qui se détache en lits comme l'ardoise et dont on se sert dans certains pays pour faire des couvertures.

## 27. La Tendresse du Papa.

Fais-moi de tes petits bras nus
Un collier qui bien fort m'enserre (1),
Puis conte-moi de ta voix claire
Une histoire à mots ingénus (2).

D'abord, dis-moi combien tu m'aimes,
Si tu m'aimes plus que le chien,
Le vieux chien qui dort au jardin,
Plus que tes beaux jouets eux-mêmes,

Plus que ta poupée à l'œil noir,
Qui s'appelle Yvonne ou Jeannette,
Que tu berces dans sa couchette
Comme une maman chaque soir.

Tu m'aimes plus que tout cela,
Tu l'as dit, je viens de l'entendre,
Ma mignonne, et ton baiser tendre
A l'instant me le révéla (3).

Puis, te penchant à mon oreille :
« Papa, vous n'êtes pas jaloux
Si maman tout auprès de vous
Dans mon cœur a place pareille » (4).

Amédée Prouvost.
*Pages choisies* (B. Grasset).

1. Mets-moi autour du cou tes deux petits bras nus et serre-moi bien fort.
2. *Des mots ingénus :* Des mots naïfs et doux de petit enfant.
3. Vient de me le faire comprendre.
4. Si j'aime maman aussi fort que je vous aime.

LA FENAISON.

*Et la plaine s'étire
Sous sa fauve toison !*

## 28. Pluie d'Été.

Une petite pluie
Si fine, si fine,
Danse en riant sur les toits gris (1).
Le ciel est gris, très loin, très bas,
La pluie chantonne (2) à travers les arbres,
Les feuilles luisent,
Les gens s'enfuient sur le chemin
Et la pluie rit (3)...

Albert FLEURY. *Poèmes* (Mercure de France).

## 29. Bergerie (4).

Rose parmi les moutons gris,
L'enfant cueille la marguerite.
Un chien noir aux flancs amaigris
Autour de lui jappe et s'irrite (5).

Sur les toits lointains des hameaux
Sonnent les cloches du dimanche.
Le printemps verdit les ormeaux,
L'aubépine des bois est blanche.

Un peu de vent remue au loin
Les peupliers bordant la route.
Parmi le trèfle et le sainfoin
On entend le troupeau qui broute.

Stuart MERRILL.
*Une Voix dans la Foule* (Mercure de France).

1. Les toits sont gris, parce qu'il pleut. Les gouttes tombent et rejaillissent avec un bruit clair et frais comme un rire ; elles ont l'air de danser.
2. *Chantonne :* Chante à voix basse. Le bruit de la pluie qui tombe est frais comme une musique.

3. Pour ne pas être mouillés si longtemps, et la chanson de la pluie a l'air de se moquer d'eux.
4. Poésie, récit où l'on parle des moutons, des troupeaux, de la campagne paisible.
5. Se met en colère.

## 30. Ronde.

Les enfants vont dans les prés,
　　　A la ronde
　　　Tout le monde...
Les enfants vont dans les prés
Cueillir des boutons dorés (1).

Après qu'on les a cueillis,
　　　A la ronde
　　　Tout le monde...
Après qu'on les a cueillis,
On garde les plus jolis.

Pour en faire des chapeaux,
　　　A la ronde
　　　Tout le monde...
Pour en faire des chapeaux
Qu'on porte dans les châteaux.

　　　　　　Henri CHANTAVOINE.
　　　　*Aux Champs* (Hachette et C^ie).

## 31. La Fée (2).

...C'est elle qui déclòt le jasmin embaumé
Et prépare les lits de mousse autour des chênes ;
Elle visite le grillon
Qui chante aux pieds de Cendrillon,
Cache au fond d'un hallier (3) les bijoux de Peau d'Ane,

---

1. Les boutons d'or.
2. *Fées :* femmes très belles des contes de jadis, ou très laides, très bonnes ou très méchantes, qui, à l'aide d'une baguette merveilleuse, pouvaient accomplir toutes sortes de prodiges. Elles pouvaient changer Cendrillon en princesse, ou des princesses méchantes en bêtes horribles, faire tout ce qui est raconté dans les contes. Mais elles veillaient aussi sur les fleurs, les fontaines, les animaux familiers.

3. D'un buisson épais.

Berce la Belle au Bois Dormant,
Et guide le Prince Charmant,
Grimpe à la tour avec Sœur Anne,
Vole les clefs de Barbe-Bleue,
Chausse au Petit Poucet les bottes de sept lieues,
Brûle à l'Ogre la soupe,
Frise à Riquet sa houppe...
Elle prend soin aussi des moindres fleurs,
Calme le vent qui siffle,
Rit à la source en pleurs,
Jase avec tous les Sylphes (1) !
Blonde et blanche, de lis ou de lilas coiffée,
C'est la plus jeune Fée !

Fernand GREGH.
*Les Clartés Humaines* (E. Fasquelle).

1. *Sylphes :* petits êtres légers, capricieux, turbulents, qui habitaient l'air comme les fées, et, comme elles, faisaient toutes sortes de bonnes actions ou toutes sortes de niches et de plaisanteries.

LA MOISSON.

*Les blés sont lourds d'épis qui tremblent.*

## 32. Les Prés.

Ils sont coupés à chaque instant
De ruisselets d'eau claire et bleue,
Où la corneille (1) en caquetant
Vient boire auprès du hochequeue (2).

Les saules et les coudriers (3)
Bordent le long de la prairie,
Avec les frêles peupliers (4)
Où jacasse (5) Margot la pie ;

Et de place en place, égayant
Le vert sombre du pâturage,
Un blanc bouleau souple et riant
Fait bruire son clair feuillage.

Henri CHANTAVOINE.
*Aux Champs* (Hachette et Cie).

1. *Corneille :* oiseau de la famille du corbeau, mais plus petit.
2. *Le hochequeue :* la bergeronnette, nommée aussi penduline, parce que sa queue est toujours en mouvement comme un pendule.

3. *Les coudriers :* Les noisetiers.
4. Les peupliers ont l'air frêle parce qu'ils sont hauts et minces.
5. Le jacassement est le cri aigre de la pie, qu'on appelle aussi, à cause de ce bruit désagréable, agace ou agasse.

## 33. Le Matin ensoleillé.

Le jour à l'horizon
S'élève : tout respire.
Et la plaine s'étire
Sous sa fauve toison (1).

Tous les coqs ont chanté,
Le soleil monte immense (2),
C'est le jour qui commence,
Le royal jour d'été (3).

Toute cime rayonne,
Blonde, au matin vermeil,
Et, sous le grand soleil,
L'air brasille et bouillonne (4).

Francis YARD.
*A l'Image de l'Homme* (B. Grasset).

## 34. Paresse.

Dans les bras des parents, au creux du grand lit chaud,
Se blottir au réveil à l'heure paresseuse,
Où le soleil se glisse en l'ombre des rideaux (5) ;
Rire, pelotonné dans la tiédeur heureuse
Des gestes câlineurs et des oreillers chauds (6)...
Quand on est tout petit, ô douceur paresseuse !

Cécile PÉRIN. *Les Pas Légers* (Sansot et Cⁱᵉ)

1. La plaine, couverte d'herbes et de moissons dorées, a l'air de s'étirer comme une personne qui s'éveille après une longue nuit.

2. Le matin et le soir, le globe du soleil paraît beaucoup plus grand.

3. *Le royal jour d'été :* parce que tout est doré, étincelant, radieux.

4. Dans la chaleur du jour d'été, l'air danse devant les yeux comme l'hiver auprès des poêles ronflants, et comme l'eau qui bout sur le feu vif.

5. Le petit enfant aime bien, le matin, quand le soleil se montre, à grimper un instant dans le grand lit des parents.

6. Il est heureux des caresses de la maman, des taquineries du papa, et du moment qui est délicieux.

## 35. L'Heure exquise

La lune blanche
Luit dans les bois;
De chaque branche
Part une voix
Sous la ramée (1)...

L'étang reflète,
Profond miroir,
La silhouette (2)
Du saule noir
Où le vent pleure...

Un vaste et tendre
Apaisement (3)
Semble descendre
Du firmament
Que l'astre irise (4)...
C'est l'heure exquise (5).

Paul VERLAINE.
*Choix de Poésies* (E. Fasquelle.)

1. *La ramée* : les branches des arbres, les rameaux.
2. *La silhouette* : l'image renversée du saule dans l'eau sombre de l'étang.
3. Une grande et tranquille douceur, une paix profonde, le grand calme des beaux soirs d'été.
4. Du ciel que la lune éclaire avec des lueurs couleur de perle, nacrées.
5. C'est l'heure douce, l'heure agréable entre toutes.

## 36. Au clair de la lune.

Sur la place, devant les noyers et les ormes,
Entre le mur et le verger, les maisons dorment;
La lune verse aux toits le feu de ses yeux doux (1),
Le seuil du cabaret tend son rameau de houx;
Une charrue, au coin d'une étable, est posée;
Le soc et les deux bras luisent dans la rosée
Et la lune, compatissante, les fourbit (2)...
Dans l'étable on entend piétiner les brebis,
Une poule, en son trou de poussière, se vautre...
Deux chats font le gros dos l'un en face de l'autre,
Un coq chante, cligne de l'œil et se rendort (3)...

Gabriel NIGOND.
*L'Ombre des Pins* (P.-V. Stock).

1. La lune éclaire les toits luisants de ses rayons doux *comme des regards.*

2. La lune qui a l'air de les prendre en pitié parce qu'ils sont abandonnés, éclaire leur surface polie qui étincelle comme si l'on venait de la fourbir, de la frotter, de la polir.

3. Il avait pris la lune pour le soleil; quand il s'aperçoit de son erreur, il ferme les yeux et se rendort.

## 37. Midi d'été.

Le chemin est doux entre les haies,
La rivière est douce sous la saulaie (1);
Les arbres chantent dans la clarté nouvelle,
Ils ont leurs ombres autour d'eux (2).

Les prés sont bleus,
La paix de midi sommeille sur la prairie
En troupeaux d'or sous le soleil (3);
L'herbe est mûrie,
La ruche bourdonne d'abeilles,
La grappe est lourde aux treilles
Et les taureaux dorment dans l'herbe.

Henri DE RÉGNIER.
*Les Jeux Rustiques et Divins.*
(Mercure de France).

1 *Saulaie:* endroit planté de saules.

2. Le soleil est au midi du ciel. L'ombre des arbres est ronde et juste au-dessous d'eux.

3. A midi tout est silencieux et désert; tout, accablé de chaleur, semble dormir. Les grandes flaques blondes de soleil ressemblent à des troupeaux d'or endormis sur la prairie.

(*Mêmes conseils pour lire et dire ce morceau que ceux donnés pour Paysage d'Automne, du même auteur,* page 16.)

LA CUEILLETTE DES POMMES.

*Les fruits mûrs coulent au verger.*

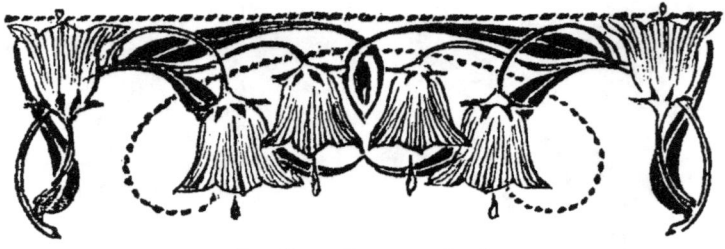

## 38. Le Beau Soir.

L'orgueil du soir est sur la terre (1),
Les blés sont hauts de paille et lourds d'épis qui tremblent;
La forêt est lente à se taire...
Deux cloches,
De l'est à l'ouest, sonnent ensemble,
L'une lointaine, l'autre proche,
Et l'une est grave et l'autre est claire;
Toutes deux sont de métal pur,
Toutes deux sonnent pour l'azur
Et toutes deux sonnent ensemble
L'orgueil de bronze et d'or de la belle journée,
Si belle et si belle qu'il semble
Que nulle fleur, ce soir, ne peut être fanée (2).

Henri DE RÉGNIER.
*Les Jeux Rustiques et Divins*
(Mercure de France).

1. La magnifique beauté du soir.

2. *Le choix des mots dans ce morceau, depuis : Deux cloches... produit une sorte de musique très douce, tour à tour grave, tour à tour claire, pareille à la musique des cloches dans l'air du soir. Ecoutez bien, à la tombée du jour, la chanson des cloches de vos clochers; rien n'est aussi doux, rien ne parle davantage au cœur et à la pensée. Le poète a traduit magnifiquement cette impression.*

## 39. L'Heure chaude.

Le ciel est de cristal de roche (1),
     Sur le mur bleu
     Tremblent un peu
Les feuilles des aristoloches (2).

Et quelque part, un loriot chante.
     Dans l'air qui dort
     Sa flûte d'or
Se mélange au parfum des menthes (3).

Marie DAUGUET.
*Les Pastorales* (Sansot et Cⁱᵉ).

## 40. Petite Rue.

Toute la petite rue est blanche et verte,
Ses murs sont crépis de soleil (4).
Ses bornes se gonflent dans l'herbe,
Et, au tournant,
Les fenêtres
Ont des vitres touffues (5) de lumière.

1. Le ciel est clair et limpide comme du cristal de roche.

2. En été, par les beaux jours ensoleillés, les ombres sont bleues, presque violettes; les feuilles bougent à peine parce qu'il n'y a qu'un souffle chaud de brise.

3. *Le loriot* est un oiseau d'été qui a des plumes jaunes et une voix très claire, comme *une flûte d'or*. L'air est immobile, en plein midi, tout a l'air de dormir. La chanson de l'oiseau s'entend seule, on respire le parfum de la menthe au bord de l'eau ou dans le jardin engourdi, et le parfum et la chanson ont l'air de se mélanger et de ne plus faire qu'une seule chose très douce qui est l'âme même de l'été.

4. *Crépis de soleil :* couverts de blancheur par le soleil comme s'ils étaient crépis à neuf de plâtre ou de mortier.

5. Des vitres pleines de soleil, éclatantes de lumière.

Le coq doré
Qui flambe dans le soleil (1)
Sur le capuchon ardoisé (2)
Du campanile (3)
A l'air d'une houppe de vermeil (4).

Les murs sont par endroits débordés
De lierres et de cerisiers.
Au coin de la rue
Un petit pavillon en treillage de bois (5)
Domine le mur
Et son toit
De chaume sombre tacheté de roses
S'abrite sous des noyers et des acacias.

Personne ne passe
Et le silence dort toute la journée
Dans la petite rue où le soleil s'amasse (6).

Marius MARTIN.
(Mercure de France).

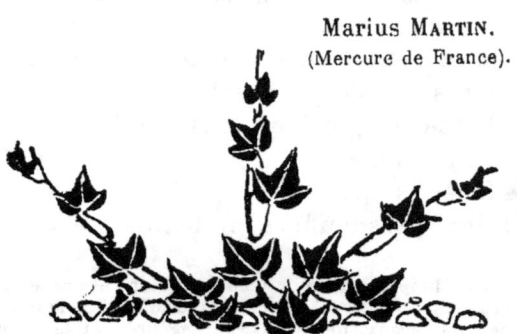

1. Le coq de cuivre ou de métal doré qui est à la pointe du clocher et qui indique, comme une girouette, la direction du vent.

2. Le toit en forme de capuchon, pointu et couvert d'ardoise.

3. *Du campanile :* du clocher, à cause de campane qui signifie cloche.

4. Il rayonne et cela le fait ressembler à une houppe d'argent doré.

5. Une petite construction en bois entre-croisé; on dit aussi un kiosque.

6. La chaleur a l'air d'être plus épaisse dans les rues étroites des villages, éclatantes de blancheur, et où personne ne passe.

LA VENDANGE.

*L'Automne aux cheveux d'or*
*S'est penché sur les treilles.*

## 41. La Nuit au Village.

Un chariot crie. Une fille
Retire sous l'arche d'un pont
Son seau clair où l'eau noire oscille (1),
Des bœufs chargés d'herbe s'en vont.

Il sort une tiède buée (2)
De l'étable où les bêtes font
Leur bruit de paille remuée,
Une fumée au ciel se fond.

Charles GUÉRIN.
*Le Semeur de Cendres.*
(Mercure de France).

## 42. Douceur nocturne.

La nuit épaisse et bleue ne bouge pas dans le jardin.
L'ombre des bancs à peine est visible sur l'allée.
Quel joli calme ! On sent les tilleuls de très loin.
Dans l'air liquide (3) flotte à peine une chouette.
C'est bon de vivre, de respirer à pleines feuilles
L'âme de la soirée dans celle des tilleuls (4).

Francis JAMMES.
*Le Triomphe de la Vie* (Mercure de France).

1. L'eau sombre remue, et des lueurs blanches s'y allument quand la lune la frappe.
2. Une vapeur légèrement chaude sort des étables parce que l'air au dehors est plus frais.
3. *Dans l'air liquide :* dans l'air qui est doux et mobile comme de l'eau, où la chouette a l'air de nager, de flotter comme une petite barque silencieuse.
4. C'est bon de respirer de toutes ses forces, de tous ses poumons élargis la douceur du soir d'été, pure et parfumée de tous les parfums des fleurs où le plus fort, le plus agréable est celui des tilleuls.

## 43. Ronde enfantine.

Dedans la clairière (1) du bois
Des fillettes dansent la ronde,
La brune liée à la blonde
Et chantant de toutes leurs voix.

La brune, la blonde et la rousse,
Dans la ronde où luisent leurs yeux,
Se donnent des baisers joyeux
En foulant des sabots la mousse,

Se donnent, peureuses un peu,
De bouche rouge à bouche rose
Qui sentent la fraise et la rose,
Les baisers innocents du jeu.

Trébuchant (2) en chutes soudaines,
Leurs mollets bruns et blancs à l'air,
Elles chantent après l'hiver
Marguerites et marjolaines (3).

Stuart MERRILL.
*Une Voix dans la Foule* (Mercure de France).

1. *Clairière :* espace vide, herbeux et moussu entre les arbres dans la forêt.
2. *Trébuchant :* manquant le rythme et tombant en tournant.
3. Elles chantent la joie du printemps après l'hiver maussade.

## 44. Au déclin du jour.

L'on entend, si légèrement qu'on en doute (1),
Grincer la poulie d'un puits;
Les chevaux qu'on mène à la rivière
Près du moulin cliquetant (2) sous le lierre,
Trottent dans la rue à grand bruit;
Un chien en gambadant aboie
Après une charrette pleine de gerbes
D'où tombe, aux cahots de la voie,
Le bon grain parmi les folles herbes;
Et voici qu'une voix d'enfant
S'élève claire, et comme surnaturelle (3),
En une chanson très ancienne des champs.

Stuart MERRILL.
*Les Quatre Saisons* (Mercure de France).

1. Le bruit est si faible qu'on ne sait pas si vraiment on a bien entendu.
2. La roue du moulin fait tic-tac, sous le lierre qui la recouvre comme un toit.

3. Comme si ce n'était pas une voix d'enfant, mais quelque chose de plus beau, de plus pur, de plus délicieux encore.

## TABLE

Paris. — Imp. LAROUSSE, 17, rue Montparnasse

La suite des *Mois*, par George DELAW, qui orne ce livre, a été approuvée par la Société française de l'Art à l'École. Elle a été publiée sous forme de bons points en noir et en couleurs. La série en noir peut servir à exercer les enfants au coloris. Les maîtres jugeront de l'effet produit par la série en couleurs que nous proposons, mais ils devront laisser aux enfants toute liberté pour le coloriage.

*o o o*

C'est dans le même esprit et pour le même objet que la Librairie Larousse à édité d'autres séries artistiques de bons points en noir et en couleurs :

**Les Mois**, douze bons points de RÉGAMEY.

**Les Jeux des petits polissons de Paris**, six bons points, reproductions d'estampes d'Aug. de SAINT-AUBIN.

*Approuvés par la Société française de l'Art à l'École.*

**Les Travaux rustiques**, dix bons points, reproductions des principales œuvres de J.-F. MILLET.

*Approuvés par la Société française de l'Art à l'École.*

# DE BELLES LECTURES POUR LA JEUNESSE

.............◊.............

## Les Livres roses pour la jeunesse

Contes des *Mille et une Nuits*, de Perrault, de Grimm, d'Andersen, etc., récits légendaires et historiques, histoires d'animaux, récits de la vie moderne. Deux volumes par mois (1er et 3e samedi). Le volume illustré de nombreuses gravures, **10 centimes** (franco, 15 cent. ; étranger, 20 cent.).
*Abonnement d'un an* : France, 3 fr. 50 ; Étranger... **4 fr. 50**

## Contes héroïques de douce France

Les plus beaux récits de notre littérature du moyen âge mis à la portée de la jeunesse. Texte adapté par Marie BUTTS. Trois jolis volumes illustrés de nombreuses gravures en noir et en couleurs (I. *Flore et Blanchefleur, Berthe aux grands pieds.* — II. *Roland le vaillant Paladin.* — III. *Les Infortunes d'Ogier le Danois*). Chaque volume cartonné............. **2 fr. 50**

## Rabelais pour la jeunesse

Texte adapté par Marie BUTTS. Trois jolis volumes illustrés de nombreuses gravures en noir et en couleurs (I. *Gargantua.* — II et III. *Pantagruel*). Chaque volume cartonné..... **2 fr. 50**

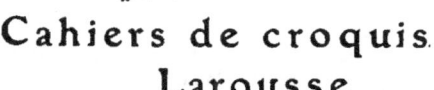